我与狗的生活

〔比〕梅特林克／著
〔英〕西尔·阿尔丁／绘
唐建清／译

人民文学出版社
PEOPLE'S LITERATURE PUBLISHING HOUSE

图书在版编目（CIP）数据

我与狗的生活 /（比）梅特林克著；（英）西尔·阿尔丁绘；唐建清译．—北京：人民文学出版社，2016
（狗之物语）
ISBN 978-7-02-011859-5

Ⅰ．①我… Ⅱ．①梅… ②西… ③唐… Ⅲ．①散文集－比利时－现代 Ⅳ．①I564.65

中国版本图书馆 CIP 数据核字（2016）第 157604 号

责任编辑 甘 慧 尚 飞
装帧设计 李 佳

出版发行 人民文学出版社
社　　址 北京市朝内大街 166 号
邮政编码 100705
网　　址 http://www.rw-cn.com

印　　刷 上海利丰雅高印刷有限公司
经　　销 全国新华书店等

字　　数 30 千字
开　　本 850 毫米 ×1168 毫米 1/32
印　　张 2.125
版　　次 2016 年 10 月北京第 1 版
印　　次 2016 年 10 月第 1 次印刷

书　　号 978-7-02-011859-5
定　　价 25.00 元

如有印装质量问题，请与本社图书销售中心调换。电话：01065233595

1

几天前，我失去了一条小斗牛犬[1]。它短促的生命仅六个月。它名不见经传。它聪慧的眼睛睁开来打量这个世界，它爱人类，随后又面对死亡的残酷秘密，闭上了双眼。

也许是开玩笑吧，把它送给我的朋友给它取了个让人有点意想不到的名字：佩利亚斯[2]。为什么给它改名？一条可怜的狗，

1. 斗牛犬（bulldog），也称牛头犬、老虎犬。
2. 梅特林克曾创作过一部象征主义戏剧，名为《佩利亚斯与梅丽桑德》（Pell é as and M é lisande），后法国音乐家德彪西改编为同名歌剧。

且有爱心、热忱并忠诚，怎么会让一个人或一位想象的英雄的名字蒙羞？

佩利亚斯有个宽大、凸出、有力的额头，好像苏格拉底或魏尔伦[1]的前额；另外，小而黑的鼻子塌塌的，鼻子下是两大片悬垂且对称的厚唇，这使得它的头颇有一种硕大、倔强、沉思和三角形的凶相。它体形健美，犹如一头健美的野兽，严格遵循该物种的天然法则。而稍加爱抚，那细心体贴、天真无邪、温情谦恭、无尽的感激及全然的自我放弃中显露出来的一丝微笑，则照亮了虽丑但可爱的面容！那微笑到底从何而来？来自那纯朴动人的眼睛？来自那竖

1. 魏尔伦（Paul Verlaine1844—1896），法国象征主义诗人。

它体形健美，就如一头健美的野兽。

起以聆听人们说话的耳朵？来自那因欣赏和爱意而眉头舒展的额头，来自衬着黑嘴唇闪着喜悦的光芒的那四颗细小、白皙、呲出的牙齿，还是来自那树桩似的尾巴？那尾巴陡然弯曲—这是它一族的标志—蜿蜒而下直至末稍，颇能说明充满它小小躯体的亲密和由衷的欢乐，尤其当它接触到他为之臣服的神灵之手或神之目光。

佩利亚斯生于巴黎，我把它带到乡间。它漂亮的胖乎乎的爪子，尚未定型，还不结实，在其新生命的未曾开拓的路途上，勉强承载着它硕大而严肃的脑袋、塌塌的鼻子，似乎因思想而显得步履沉重。

因为这个不受待见并相当让人悲伤的脑袋，如同一个过分劳累的孩子的脑袋，已经开始了繁重的工作，在生命之初，这工作让每一个大脑不堪重负。大概五六个星期，它就启动心智，形成了这个世界的一种形象和一个令人满意的概念。就人而言，借助长辈和兄长的各种知识，花三四十年时间，才形成这个概念的大致轮廓。确切地说，围绕这个概念，如同围绕空中楼阁，堆积起愈加无知的意识；但这条谦卑的狗必须在几天里独自解决这个问题：然而，在无所不知的神的眼里，难道这不是和我们一样，几乎有着同样的分量和同样价值？

而这是一个对地面探究的问题，地面能被抓刨、挖掘，有时地里隐藏着令人惊奇的东西：黑白蚯蚓、鼹鼠、田鼠和蟋蟀；是对天空张望的问题，天空很无趣，因为那儿没有吃的东西，只需看一眼就可以一劳永逸地打发掉；是对青草有所发现的问题，可爱、碧绿的草，柔软、清凉的草，那是进行竞赛的运动场，是一张友好的无边无际的大床，其中不乏优良的有益于健康的偃麦草。也是杂乱地进行无数迫切并好奇的观察的问题。这样的观察是必要的，比如，在除了疼痛之外别无指导的情况下，要学会计算你能从上面跳下的物体的高度；要让自己明白追逐飞去的鸟是徒劳的，你也无法爬上树去，即使那些猫公然羞辱了你；要识别洒满阳光的地方和阴影斑驳的地方，前者你可以美美地睡上一觉，后者则会让你直打哆嗦；会惊奇地觉察到：雨不会落到屋里，水是冷的、不宜居住并有危险的，而若保持距离，火是善意的，但靠得太近则很可怕；会观察到：牧场、农田，有时还有大路，会遭到大动物的骚扰，有些动物长着吓人的角，有些动物也许脾气温和，或至少较文静，还有的动物听任你随意地东嗅西嗅而不会生气，但把它们真实的想法藏在心里；经由痛苦和蒙羞的体验就会知道：你不能自由自在地遵从所有的自然规律而对神灵的处所一视同仁；要意识到：在神灵的家里，厨房是你享有特权和最惬意的地方，虽然你不被允许在那儿安营扎寨，因为厨师是个不可或缺但又嫉妒心重的权威；要懂得：门既重要又任性，有时它通向幸福的地方，但更多时候则大门紧闭，沉默而严厉，傲慢又无情，对入门的请求装聋作哑。总之得承认：生活中基本的美味，无可争辩的恩典，通常装在罐或锅里，可望而不可及；要知道如何以难得的冷漠态度去看待珍稀之物，学会视而不见，告诫自己，这些物品可能是神圣的，因为仅仅用可尊敬的舌尖碰一下，就仿佛魔术般地引发家中诸神不约而同的愤怒……

要学会计算你能从上面跳下的物体的高度。

2

然而，该如何对待那张琳琅满目但又无从猜测的桌子；如何对待那些禁止你睡在上面的可笑的椅子；如何对待那些当你可以凑近时却又空空如也的盘子和碟子；如何对待那驱散黑暗的灯盏，将寒冷赶走的暖炉？……有多少命令、危险、禁忌、难题、谜语，在你不堪重负的记忆中无从分门别类！……又该如何将所有这些与其他法规、其他谜语调和？后者更广泛、更专横，存在于你的自我之中，存在于你的天性之中，时不时萌生、滋长，来自于时间和物种的根基，侵入血液、肌肉和神经，突然间比疼痛—用主人自己的话来说，或比死亡的恐惧更无法抗拒、更有力地坚持自己的权利。

如此，举例说吧，当睡觉的钟声为人敲响，你退回到你的窝里，夜的黑、夜的静和夜的可怕的孤独围着你。主人一家都睡了。面对神秘，你感到自己很弱小。你知道暗处潜伏着敌人，蠢蠢欲动。你怀疑树木、吹过的风及月光。你想藏起来，缩成一团，屏住呼吸。但仍然得保持警觉；哪怕细小的声音，你必须有所反应，面对星空下虽看不见而又分明的骚动，冒着孤身落入窃窃私语的魔鬼或罪恶之手的危险。无论敌人是谁，即使是个人，是你有责任保护的主人的亲兄弟，你也必须不顾一切地向他攻击，扑上去，咬住他的喉咙，将你也许该受天谴的牙齿咬进他的肉体中，即使那人的手掌或声音同你的主人相像，也别受其迷惑，决不沉默，决不逃跑，决不让你自己受诱惑或贿赂，哪怕在夜里孤军奋战，也要发出英雄般的报警信号，直到生命的最后一息。

这就是来自伟大祖先的职责，基本的职责，比死亡更强大，这种职责甚至是人的意志或愤怒都难以阻止的。在我们反抗各种生物的最初的斗争中，我们所有的谦卑的历史，同狗的这种职责联系在一起，所有这一谦卑而令人震惊的历史在夜晚再现于对狗的原始记忆中；在苦难的岁月中，它是我们的朋友。而当我们今天有了更安全的居住环境，我们偶尔会因它那种不合时宜的热情而惩罚它；它投向我们的目光中含着既吃惊又责备的眼神，仿佛向我们指出，我们错了；如果我们忽略了在我们还住在洞穴、树林或沼泽的时候与它缔结的盟约中的主要精神，它则继续信守条约，无论我们做了什么，并保持不背弃生活的永恒真理，尽管生活中充满了陷阱和敌意的力量。

3

但要成功履行这种职责需要多少心思和怎样的学习啊！自从沉寂的洞穴和大湖荒芜的时代以来，这职责变得多么复杂！然而，它又是如此简单，如此容易，如此清晰。寂寞的洞穴敞开在山坡上；凡接近者，凡在远处平原上或树林里活动的都无疑是敌人！……但今天你不再有把握……你得让自己熟悉一种你并不赞同的文明，你得理解无数不可思议的事物……这样，似乎很明显，从此以后，整个世界不再属于主人，他的财产受到莫名其妙的限制……因而，有必要的是，首先得确切地知道神圣的领域从哪儿开始，在哪儿结束。你要允许谁，阻止谁？……有的路，每个人，甚至穷人也有权通过。为什么？你不知道；这是一个你探究过的事实，但亦是你必定要接受的事实。幸运的是，另有通畅的路径，私家的路，没有人可以践踏。这条路忠实于声音传统；这是不能忽略的路；因为经由此路，生活的难题进入到你的日常生存中。

你愿意举个例子吗？你正在阳光下安然入睡，太阳在厨房的门槛上洒下珍珠般的灿烂光芒。砂锅在有着纸花边的架子上互相推搡嬉闹。黄铜炖锅调皮地将光泽投在平整的白墙上。慈母般的炉子哼着小曲，让三只平底锅翩翩起舞；而从照亮内室的那个小洞里，炉火蔑视那条善良的狗，不停地向他吐着火舌。挂钟，无聊地待在橡木盒里，在威严地敲响吃饭钟声之前，左右晃动着金色的大钟摆；狡猾的苍蝇戏弄着你的耳朵。在闪闪发光的餐桌上摆着一只鸡、一只野兔、三只松鸡，另外还有别的东西，叫做水果和蔬菜的—豌豆、蚕豆、桃子、甜瓜、葡萄—这些都不是你的菜。厨师取出一条大银鱼的内脏扔到垃圾桶里（而不是给你！）。啊，垃圾桶！取之不尽的财富、意外之物的收纳箱、家中的宝库！你将分享你的一份，精美和秘密的一份；但得佯作不知。你被严格禁止去桶里翻捡。人用这种方式对许多美好的东西下了禁令；生活将变得沉闷，你的岁月会很空虚，如果你非得遵守所有这些有关厨房、地窖和餐厅的禁令。幸运的是，他很健忘，不会总是记得他颁布的种种指令。他很容易被欺骗。你达到目的，随心所欲，假如你知道如何耐心地等待时机。你得服从人，他是你的神灵；但你仍然有你自己个体的、确定和不可动摇的道德，这表明，受禁止的行为很大程度上已变成法定的了，事实上，这些行为是在主人不知的情况下实施的。因而，让我们闭上警觉的眼睛，视而不见。让我们假装睡觉，梦见月亮……

听！面向花园蓝色的窗户上响起轻微的敲击声！……什么声音？……没什么；一根山楂树枝来看一下我们在冷清的厨房里做什么。树很好奇，经常激动；但它们不值得考虑，你跟它们无话可说，它们不靠谱，它们闻风而动，而风没有原则……但怎么回事？我听见了脚步声！起来，耳

你可以迎上前去，小心地摇摇尾巴，
露出屈尊俯就般的微笑……

朵一阵刺痛；鼻子警惕着！……这是面包师来到栅栏前，而邮递员打开菩提树篱的一扇小门……他们都是朋友；平安无事；他们带来点东西：你可以迎上前去，小心地摇摇尾巴，露出屈尊俯就般的微笑……

又一次警报！这次怎么回事？……一辆马车在门前停下来。这是个复杂的问题。首先，便是对马的大不敬，这些硕大、傲慢的家伙，总是汗淋淋的，星期日总是盛装打扮，它们置之不理。与此同时，你用余光打量着那些下车的人。他们衣冠楚楚，踌躇满志。他们可能会坐在主人的餐桌前。恰当的做法是温和地叫几声，略微表示一下尊敬，以便表示你正在履行职责，但你做得很聪明。然而，你心里略有疑惑，在来客的背后，你悄悄地，心知肚明地嗅了又嗅，以便辨认出任何隐藏着的不良企图。

4

但厨房外拖沓的脚步声又响了起来。这次是拄着拐杖的那个可怜蛋，那个主要的敌人，那个特殊的敌人，那个世代为仇的敌人，其祖上在堆满了骨头的洞穴外游荡，那洞穴你在家族记忆中又蓦然见到了。你义愤填膺，咆哮起来，你呲牙咧嘴，发泄着仇恨与愤怒，你要咬住这个不共戴天的对手的屁股，而厨师握着扫帚，狐假虎威，来保护那个背信弃义的人；你只得退回到你的窝，眼里充满了无助的怒火，你咆哮着，发出可怕而无效的诅咒，心里想：末日到了，无法无天，人类丧失了是非感……

就这样了？未必。因为最细微的生活也是由无数的职责构成的，要在两个如此不同的世界，即动物世界和人类世界的中间地带组织起一种幸福的存在可不是一日之功。如果我们必须服务，同时又在我们自己的领域内保持一种神性，不是一种想象的神性，近于我们自己的，就因为是我们自己大脑的产物，而是一个实际上可见的神，始终存在，始终活跃，相对于我们作为狗的存在而言是异质并优越的，那我们该如何生活？

5

回到佩利亚斯，我们现在很清楚做什么及如何根据主人的意愿行事。但世界并不囿于家门、院墙及树篱外，有个不在我们看护之下的宇宙，那儿我们并不熟悉，那儿关系有所改变。我们如何立足于大街、田野、市场或商店？借助艰难和微妙的观察，我们懂得，我们必须无视行人；只听

对那些待在门前台阶上，挤眉弄眼招惹我们的猫表示一种无言但难以忘却的鄙视。

CECIL ALDIN

从主人的呼唤；对爱抚我们的陌生人表示礼貌但无动于衷。其次，我们必须认真履行某些义务，对我们其他的同类兄弟谦让有礼；尊敬鸡鸭；不在面点师傅面前对糕点说三道四，即使那些糕点在你面前显摆自己；对那些待在门前台阶上，挤眉弄眼招惹我们的猫表示一种无言但难以忘却的鄙视；记住：追捕并杀死老鼠、耗子、野兔，一般来说，杀死所有那些还未与人类和平共处的动物（我们通过秘密的标记学会辨认它们）是合法甚至是值得称颂的行为。

6

所有这些以及其他种种！……面对那些数不胜数的问题，佩利亚斯经常显出若有所思的模样，它谦卑而温柔的目光有时如此深邃和严肃，充满了关切和难以理解的疑问，这岂不是很奇特吗？

天哪，它没有时间完成自然赋予其天性的这项漫长而繁重的工作，而天性之反应是为了接近一个更光明的境地。

一种神秘的疾病，似乎专门来惩罚这种唯一成功地脱离了与生俱来的生物圈的动物；这种莫名疾病带走了数以百计的聪明小狗，它前来终结佩利亚斯的天命和幸福的教育。我见到它的两三天之内，它已经因不堪死亡的重负而步履蹒跚，仍为受到细微的照料而感激……而现在，所有那些为获得更多一些光的努力；所有爱的热情，所有理解的勇气；所有真挚的欢乐；所有那些投向人，请求帮助以反对不公正和难以表述的痛苦的善良和忠诚的目光；所有那些来自不再是我们的那个世界深处的灵光闪现；所有那些几近人类的小习惯，悲伤地消失在冰冷的泥土里，消失在枝繁叶茂的老树下，消失在花园的角落里……

一种神秘的疾病。

CECIL ALDIN

7

人爱狗，但就自然法则亘古不变的秩序来说，如果考虑到这唯一的例外：为了与我们更接近，狗与人之间的爱成功地打破了无处不在的区别物种的诸多隔绝，人就更应该爱狗！我们是孤独的，在这个充满偶然性的星球上，我们是绝对孤独的；在我们周围所有的生命形态中，除了狗之外，没有任何一种生命同我们结盟。有些动物害怕我们，大多数的动物不了解我们，而没有一种动物喜欢我们。在植物世界里，我们有不会说话也不会走路的奴隶；但它们身不由己地为我们服务。它们只是忍受我们的法则和我们的束缚。它们是无能为力的囚犯，无法逃脱的牺牲品，但会默默地反抗；一旦我们忽略它们，它们很快就会背叛我们，回到它们从前那种荒野而任性的自由中去。要是有翅膀，在我们走近时，玫瑰和谷物就会像鸟一样飞走。

在动物中，我们拥有少量的仆人，它们只是因冷漠、胆怯或愚蠢而屈从人类：

迟疑不决又怯懦的马，只对疼痛有反应，没有任何归属感；被动又萎靡的驴子，它之所以跟随我们，只因为它既不知道做什么也不知道去哪儿，然而，在棍棒和驮鞍下，墨守成规；母牛和公牛，只要有吃的就快乐，它们始终温顺，那是因为它们丝毫想不到自己；惊恐不安的羊，除了恐惧什么都不知道；母鸡贪恋养鸡场，因为它在那儿比在附近的树林里能找到更多的玉米和小麦。我不说猫，对它们而言，我们只是一种过于庞大且不能食用的猎物；生性凶狠的猫，对我们不屑一顾，只是把我们当作家中讨厌的寄生虫而容忍。至少它在神秘莫测的内心里诅咒我们；但所有生活在我们身边的其他动物，它们也可能生活在一块岩石或一棵树边上。它们不爱我们，不了解我们，几乎不注意我们。它们不关心我们的生活、我们的死亡、我们的悲伤、我们的欢乐、我们的微笑。一旦不对它们构成威胁，它们甚至对我们不闻不问；当它们看我们，用的是马那种疑惑的目光，其眼中仍然流露出麋鹿或羚羊初次见到我们时的迷恋神情，或以反刍动物的呆滞目光，视我们如同牧场上一次暂时而无益的事故。

8

千百年来，它们生活在我们身边，但对我们的思想、我们的情感、我们的习惯一无所知，仿佛最遥远的星辰昨天才将它们扔到我们地球上。在区分人类与所有其他生物的无限的时间段中，我们凭借耐心，才成功地使它们迈出不可靠的两三步。另外，如果有朝一日，听任它们对我们的感情不加改变，那大自然会给予它们以智慧和武器以便征服我们。坦白地说，我应该警惕马的轻率的复仇、驴的固执的报复，以及羊的强烈的恶意。我应该躲避猫，如同躲避老虎；甚至善良的母牛，庄重而嗜睡，也只能让我产生谨慎的信任。至于母鸡，有着圆溜溜敏锐的眼睛，若我看起来像一只虫或一条蚯蚓，肯定会毫不犹豫地将我一口吞下……

9

现在，在我们周围生命的这种冷漠和完全缺乏理解的状况下，在这个无法沟通的世界里，万物都将其目标封闭在自身内部；任何命运都是自我限定的；在受造物中，除了刽子手与牺牲品、捕食者与被食者的关系之外，不存在别的关系；谁都不能脱离其牢不可破的领域；单单死亡就会在相邻的生命之间建立起残酷的因果关系；哪怕极微弱的同情也从未造成一个物种向另一个物种的有意识的飞跃。在地球上所有呼吸着的生物中，只有一种动物成功地打破了预言的圈子，逃离自身，奔向我们，确实跨越了在自然神秘莫测的计划中把每一物种隔开的冰封而沉默的黑暗地带。这种动物就是我们非常熟悉的狗，今天，对于它的所作所为，对于它如此明显地不断接近一个既非它所属亦非命定的世界，我们可能觉得很平常，并不感到惊奇，然而，它却完成了一项不寻常和不可能的行动，而这类行动我们只能在生活的通史中找到。

野兽对人的这种承认，从黑暗到光明的这种非凡的变化何时产生的？我们从狼和豺中遴选了狮子狗、牧羊犬或灰狗，还是它不由自主来到我们中间？我们不得而知。无论我们人类的历史能够追溯多么久远，它就像现在这样同我们在一起；但相比较我们不得而知的时间而言，人类历史又算得了什么？事实是，它就在我们家中，一如既往，好像适得其所，完全适应了我们的生活习惯，仿佛与我们自己一样，在同样的时间出现在地球上。我们不必去赢得它的信任或友谊：它天生是我们的朋友；它眼睛还未睁开就信任我们，甚至在出世之前它就把自已信托给人。但“朋友”这个词不足以表达其对人类真挚的崇拜。它爱戴和敬畏我们，仿佛我们曾将它从虚无中拯救出来。它首先是我们充满感激的造物，比我们眼中的宝贝更忠诚。它是我们亲近而又热情的奴隶，没有什么会令它气馁，没有什么会令它退却，没有什么能够减弱它对我们的坚强的信赖与爱戴。如果一种神奇的物种占据了我们的星球，它就用一种令人赞叹和感动的方式解决本应由人类智慧来解决的问题。它心悦诚服地始终承认人类的优越性，全身心地顺从人类，从不三心二意，缩手缩脚，只在这一物种天然地延续生命时才少量地保留它必不可少的独立、本能和习性。它毅然决然、真心实意并朴实无华地认为我们比所有的存在物更优秀、更强大，这使我们颇感惊讶。为了我们的利益，它背叛了它所属的整个动物王国，义无反顾地否认自己的种群、自己的家族、自己的母亲，甚至自己的儿女。

10

但它不仅全心全意地爱戴我们，而且就在它作为种群的本能中，在它作为物种的整个无意识中，它似乎只在乎我们，只想到对我们有益。为了更好地为我们服务，为了更好地满足我们的不同需求，它想方设法，尽可能地发展各种才能和资质，以供我们支配。在原野的狩猎中它想帮助我们？它的腿益发矫健，它的鼻口逐渐缩小，它的肺活量增强，它比鹿跑得更快。我们的猎物莫非躲藏在树丛中？物种中这一最温顺的精灵，能觉察到我们的欲望，将矮脚长耳猎犬馈赠给我们，它像一种蛇，几乎无脚，能够钻进最茂密的灌木丛。我们难道要求它应该驱赶我们的羊群？同样这个牢骚满腹的精灵赋予它所需的体形、智慧、活力和警觉。我们莫非想要它来看护和守卫我们的家园？它的头颅变得又圆又大，这样，它的下巴更加有力，更加强大和更加坚硬。我们把它带到了南方？它的发毛越来越短，越来越亮，这样，它可以在日趋炎热的阳光下忠实地陪伴我们。我们把它带到了北方？它的脚趾越来越大，更好地踏雪行走；它的毛发厚实，这样，寒冷也不会促使它放弃我们。它只想和我们一起嬉戏，只想讨我们的欢心，使家庭生活增色和充满生机？它给自己梳妆打扮，神态庄重并优雅；在火炉边，它蜷得比洋娃娃还小，睡在我们的膝盖上，或者要是我们别出心裁，它甚至愿意显出一脸傻相以取悦我们。

在自然的严酷环境中，你很难发现哪一种生物表现出一种相近的温顺，一种类似的千姿百态，一种同样的适合我们意愿的惊人的能力。这是因为，在我们知道的这个世界上，在掌控一些物种进化的与众不同的、原始的鲜活的精灵中，除了狗，不存在别的生物，曾对人的存在心领神会。

也许，有人会说，我们几乎完全有把握驯养家畜：如我们的家禽、我们的鸽子、我们的鸭、我们的猫、我们的马、我们的兔子等。是的，也许是这样，虽然这样的驯养不能与狗经历的那种驯养相提并论，虽然这些动物为我们提供的服务可以说是一成不变的。但不管怎样，无论这种印象纯粹出于想象还是符合现实，都似乎不能说明，我们在这种驯养中感到了同样不可遏止和动人的善意，同样聪慧和专一的爱戴。另外，很有可能，狗，或这一种群中稀世的天才，几乎从不为我们烦恼，我们只知道怎样利用丰富的生命契机所提供的各种天赋条件。这并不重要，即使我们对事情的实质一无所知，我们只能依赖事情的表象；然而至少在表象上，令我们欣慰的是：我们虽然如同不被承认的国王，孤独地生活在这个星球上，但有一种生物，它爱戴我们。

11

无论这种情况可能是这些表象的体现，然而可以肯定的是：在拥有权利、责任、使命和定数的有智慧的诸般造物中，狗是一种真正特殊的动物。它在这个世界上占有一个独一无二的位置，是天之骄子。它是唯一的生物，找到和认同一个不容置疑、无懈可击和确定的神灵。它知道如何将自己最好的东西奉献出来。它知道要臣服于这个高高在上的神灵。它没有在黑暗中，在层出不穷的谎言、臆想和梦幻中寻求一种完美、优越和无限的力量。那种力量存在着，就在它面前；它在其光亮中行动。它知道我们皆不知的崇高的职责。它有一种美德，这使它超越在自身能够发现并毫无顾虑、毫不畏惧地加以实践的一切。它有着积极和肯定的理想，它拥有完整的真理。

12

就这样，那一天，在他生病之前，我看见我的小佩利亚斯在我的书桌旁端坐着，头略微侧向一边，好更方便地向我发问，神情既专注又安宁，如同一个圣人在上帝面前应有的模样。它很快乐，那种快乐也许是我们永远不明白的，因为这种快乐就从微笑，从一种比它自身高出许多的生命的赞赏中油然而生。它坐在那儿，端详并沉浸在我的目光中，它端庄地回望着我，好像两个平等的生命之间的交流，这无疑让我明白，至少通过眼睛，这一将我们欣悦的目光转变成深情的理解的几乎非物质的器官，它明白，它在对我倾诉爱的话语。当我看到它，如此幼小、热情和充满信任，以某种聪慧的方式，天性孜孜不倦地给我带来新颖的生命信息，这一生命值得信赖和令人感到新奇，仿佛它是其种群中第一个前来开创地球生活的，仿佛我们仍然处在世界之初的岁月里。我羡慕它那种确定性的欢欣，将其比作人类的命运，而人类依然深处黑暗之中；我自忖，这只遇到良主的狗是其实比人类更幸福。